わたしの旅ブックス
017

まばゆい残像
そこに金子光晴がいた

小林紀晴

産業編集センター

座標軸

記憶は常に新しいものである。

この言葉は私が尊敬する写真家・古屋誠一さんから何度も直接聞いた言葉だ。ヨーロッパに長く暮らす古屋さんは、同一の写真を何度も繰り返し写真集や展示のなかに編んでいる。その姿を私は目にしてきた。

たとえ同一の写真であっても、ときを経ることで、それまでのものとは違って見えたり、新たな意味を携えたり、持たされるという意味において。本書を書くにあたって、そのことが常に頭にあった。ときに遠い記憶をたぐり寄せる行為だったからだ。

私の旅の始まりは二三歳、二八年前のことだ。当然ながらその記憶は旅を終えた直後、一年後、一〇年後、二〇年後とときを経るごとに緩やかに、やがて大きく姿を変えてきた。新たな記憶が上塗りされ、あるいは細部が忘却されるからだろう。古屋さんがみずからの創作で「記憶は常に新しいものである」と言葉にしたのはそういうことのはずだ。

金子光晴を訪ねたいくつかの旅について、過去にも何度か文章化したことがあるが、同じく「記憶は常に新しいものである」という思いから、改めて紀行として執筆することにした。これもまた書籍の上での新たな記憶の旅だと考えている。

金子光晴が残した多くの紀行や詩は私の前にとどまっている。三〇年近くの年月、ずっとそうである。金子はすでにこの世には存在せず、新たな創作物はない。だというのに、常に新鮮に感じてきた。おそらくこの先においても変わらないだろう。自分が常に変わってゆくからだ。

それまでまったく気になっていなかった詩、散文、紀行のある部分があるときから突然気になったり、響いてきたりするのは、だからだと思う。金子光晴が残した作品は私にとって、自分が現在いる地点を測るための座標軸である。

目次

金子光晴と放浪の旅

金子光晴は、明治、大正、昭和の三時代にわたって活躍した詩人である。二十三歳のときに処女詩集『赤土の家』を出版。その四年後に『こがね蟲』を刊行し、詩人としての名声を確立した。

戦時下では、反戦を訴えて軍や天皇までをも批判するなど、反骨の詩人として知られた。その一方で、女性に対する飽くなき好奇を抱き続け、そうした生き様が投影された作品によって、耽美で甘美な独自の世界観を構築した詩人でもあった。

三二歳のとき、妻である森三千代と足掛け五年にわたる世界放浪の旅に出る。養父の遺産を使い果たし、詩作も行き詰まり、さらには妻三千代の不倫といった問題から逃げるように始まった旅は、その後の金子光晴の作品と人生に大きな影響を与えた。

みずからの感性に正直に生きた金子光晴。「放浪の詩人」や「漂泊の詩人」とも呼ばれ、その作品とともに多くの人々に今も愛され続けている。

金子光晴の世界放浪の旅は一九二八年九月に始まった。長崎から上海へ渡り、上海から香港、シンガポール、ジャワと巡った。東京美術学校（現・東京芸術大学）に入学するほど絵の才能があった金子は、在留日本人を相手にみずから絵を描いて売り、それを生活費と旅費にあてた。一人分の旅費しか工面できなかったため、同伴していた三千代を先行してパリに向かわせ、金子はマレー半島を巡りながら旅費を稼ぎ、一ヶ月後にパリへ向けて出発した。その間立ち寄ったバトパハは彼にとって忘れ得ぬ町となった。

一九三〇年一月に金子はパリで三千代と合流。生活に追われながらも、知人を頼ってパリ、アントワープ、ブリュッセルを転々としながらヨーロッパでの暮らしを続けた。しかし、ついに行き詰まり、一九三二年一月、現地で仕事をしていた三千代を残して金子だけが帰国の途に着く。途中、金子はシンガポールで下船してバトパハへ行き、四ヶ月ほど滞在しながらマレー半島を放浪。神戸に到着したのは、三千代がすでに帰国した後の一九三二年五月のことだった。

金子光晴の放浪の旅地図

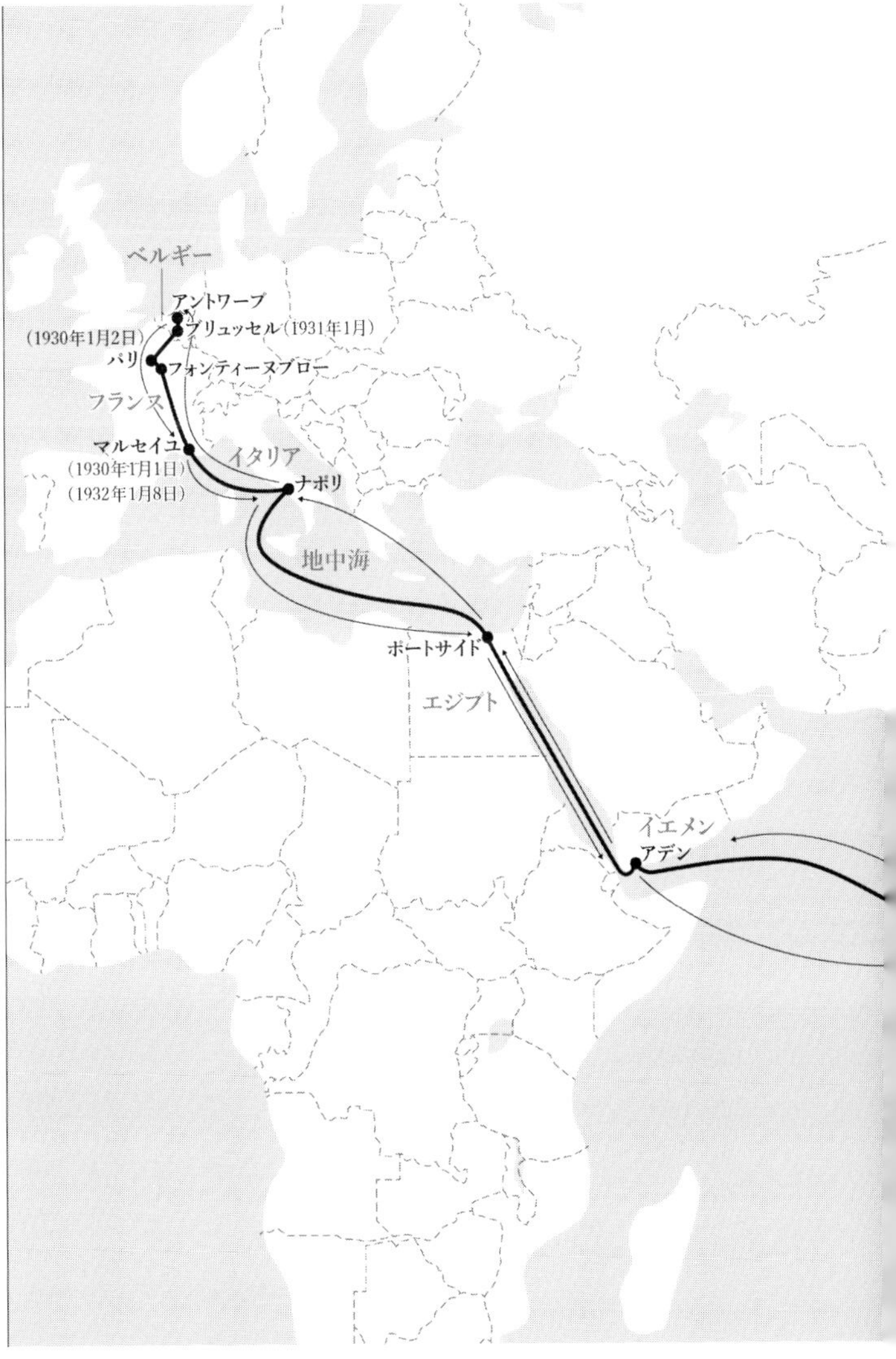
ベルギー
アントワープ
ブリュッセル（1931年1月）
（1930年1月2日）
パリ
フォンティーヌブロー
フランス
マルセイユ
（1930年1月1日）
（1932年1月8日）
イタリア
ナポリ
地中海
ポートサイド
エジプト
イエメン
アデン

みすみすろくな結果には
ならないとわかっていても
強行しなければならない
なりゆきもあり、

――『どくろ杯』より

I

二三歳　東京発、マレー行

金子光晴の本を最初に手に取ったのは二三歳のときだ。

私は新聞社のスタッフカメラマンで、入社して三年がたっていた。一九九一年の夏のことで、日本はバブルに浮かれていた。定年まで勤め上げるつもりで入社した会社だったが、毎日辞めることばかり考えていた。仕事がきついわけではなく、とにかく退屈だったのだ。思い描いていた報道の世界とは大きく違った。

企業相手の業界紙なのでそれは仕方がないことなのに、勝手に自分のなかで「新聞社」の理想像を作り上げていたのだ。そのイメージとの齟齬があったからといって、もちろん会社が悪いわけではなく、単に私が折り合いをつけられなかったからだろう。若かったといえば、それまでのことなのかもしれない。

その頃、とにかく何かに熱く激しく向かいたかった。退屈と感じていたのはきっとこのことと深く関係していたはずで、突き詰めて考えれば写真を撮る行為によって熱くなりたかったのだ。

私は写真が好きだった。高校を卒業するまでほとんど撮ったことなどなかったのに、ほとんど思いつきで写真の短大へ入り、そこで写真の面白さに目覚め、もっと、もっと撮りたいという欲求が湧いた。その勢いで入社した新聞社の写真部だった。

一年もしないうちに辞めることを考えだした。さらに、しばらくアジアを旅しようという思いを漠然と持つようになった。

それでも、ずるずると会社員の生活は続いた。辞めようと決めてはみたものの、最後のふんぎりがつかなかったのだ。そんな日々のなか、旅に関する本を自然と求めるようになった。詩人・金子光晴の存在を知ったのもそんな経緯からだ。最初に手に入れた本は『マレー蘭印紀行』。いまのようにネットなどないのだから、人づてか活字に書かれていたものからのはずだ。おそらく後者だろう。

記憶が正しければ、その存在を知ったのち大型書店も含めていくつかの書店で探したのだが、どこにもその本は置いていなかった。九段下の会社から神保町の書店街までは歩いていける距離なので、三省堂などもチェックした末のことだった。

結局、会社近くの路地裏にある小さな書店に注文してそれを手に入れた。書店の名前が「ブックちゃん」だったことを何故かしっかりおぼえている。当時は書店にない本は注文しなければ手に入れられなかった。もちろん携帯電話も存在していない。

数週間後に受け取った本は地味な装丁だった。想像していたものとは違った。灰色で中央に縦書きでタイトルが載っていたはずだ。著者近影の写真が金子本人であることはもちろん理解したが、かなり晩年に撮られたもののようで、その姿をじっと見ているとずいぶんと見当違いの本を買ってしまったような気がした。

ではどのような内容のものを想像していたのか。もっと自分の年齢に近いもの、いってみれば沢木耕太郎の『深夜特急』的なものをイメージしていた。ちなみにこの時点で『深夜特急』は二巻まで刊行されていた。三巻をもって完結することは二巻の目次にすでに告知されていたはずだが、延々と発刊されないままだった。

ゆえに、当初私は『マレー蘭印紀行』の熱心な読者だったとはいえない。それでも最後までなんとかたどり着くように読了した。目を通したという方が正しいのかもしれない。そもそも「蘭印」の言葉の意味すらきちんと理解していなかった。「オランダ領東インド」、つまり現在のインドネシアを中心とした地域を指すのが正しいはずだが、それを知ったのはずっと後になってからのことだ。

90 7 17

金子が『マレー蘭印紀行』の旅に出たのは三二歳のときである。妻である森三千代に恋人ができ、その男から彼女を遠ざけるために外国へ連れ出すことが、そもそもの長い旅の目的だったといわれている。つまり男女の旅であり、色恋沙汰である。いってみれば大人の旅だ。冷静に考えてみれば、けっしてポジティブな旅の始まりではない。実際に金子は『どくろ杯』のなかで「なんの計画も、希望もなく、日本を離れるためだけに出てきた」と記している。

当初私が『マレー蘭印紀行』の熱心な読者になれず、自分とは遠い世界だと感じたのは、そのあたりに大きな理由があったはずだ。やはり刺激的なもの、旅先に好奇心を抱かせてくれるものを求めていたのだ。それでいて実際の私の旅はおどおどしたものだった。尻込みしながら、仕方なく前に進んでいたという感じだった。地味で静かなものだった。

私は会社を辞めたことをこれまで一度も後悔したことはないが、それでも辞めてしまったことへの後ろめたさのようなものは確かにあって、将来への不安がその上にかぶさるようにのしかかっていたことも事実だ。これから先、二度と就職はしないと決意したものの、フリーのカメラマンとしてこの先ずっとやっていける自信などまるでなかった。

そんな心境を抱え二三歳の私はタイのバンコクから鉄道でマレー半島をシンガポールへ向かった。移動のなかで時折、金子光晴のことを考えた。熱心な読者にはなれなかったというのに何度も頭に浮かんだ。おそらく、マレー半島について書かれた本を私は『深夜特急』以外に『マレー蘭印紀行』しか知らなかったからだ。

金子の文章には日本人群像が描かれ、日本人が経営するゴム園のことに何度も触れている。金子がこの地を旅したのは昭和の初めで、当時すでにシンガポールでは排日運動が激しくなりつつあったようだ。でも、どこにも彼らの姿はない。その事実を確認するような旅だった。

「守田、亀川、今沢、鈴木、末藤、奥根、ジョラの原口園……センブロン河に沿うて大小のゴム園が散在している」

『マレー蘭印紀行』の文章だ。改めて昭和の初めにゴム園経営などで、たくさんの日本人が暮らしたことに驚かされる。一生を終える覚悟で、家族で暮らしていた者もいただろう。

いってみれば、シンガポールやマレー半島でたくましく生きていた日本人の存在によって金子の旅は成立したともいえる。何故なら彼らにみずからが描いた絵を売り、それで得た現金でこの半島からパリへ旅立つことができたからだ。

昭和四年（一九二九年）一一月に金子は初めてバトパハを訪れる。シンガポールで、パリへ発つ妻三千代を送り出してのことだ。その五日後に金子はバスでバトパハへ向かった。目的はパリまでの船賃を捻出するための金策だった。

私はふと、立ち止まるように考えた。果たしてこれを旅と言っていいのだろうか、と疑問が湧いたからだ。例えば労働とか、出稼ぎという言い方もできるのではないか。私がしようとしている旅とは決定的に違う。だからかもしれない、金子が描く旅行記がほかの誰のものとも似ていないのは。異質なのはそれゆえかもしれない。

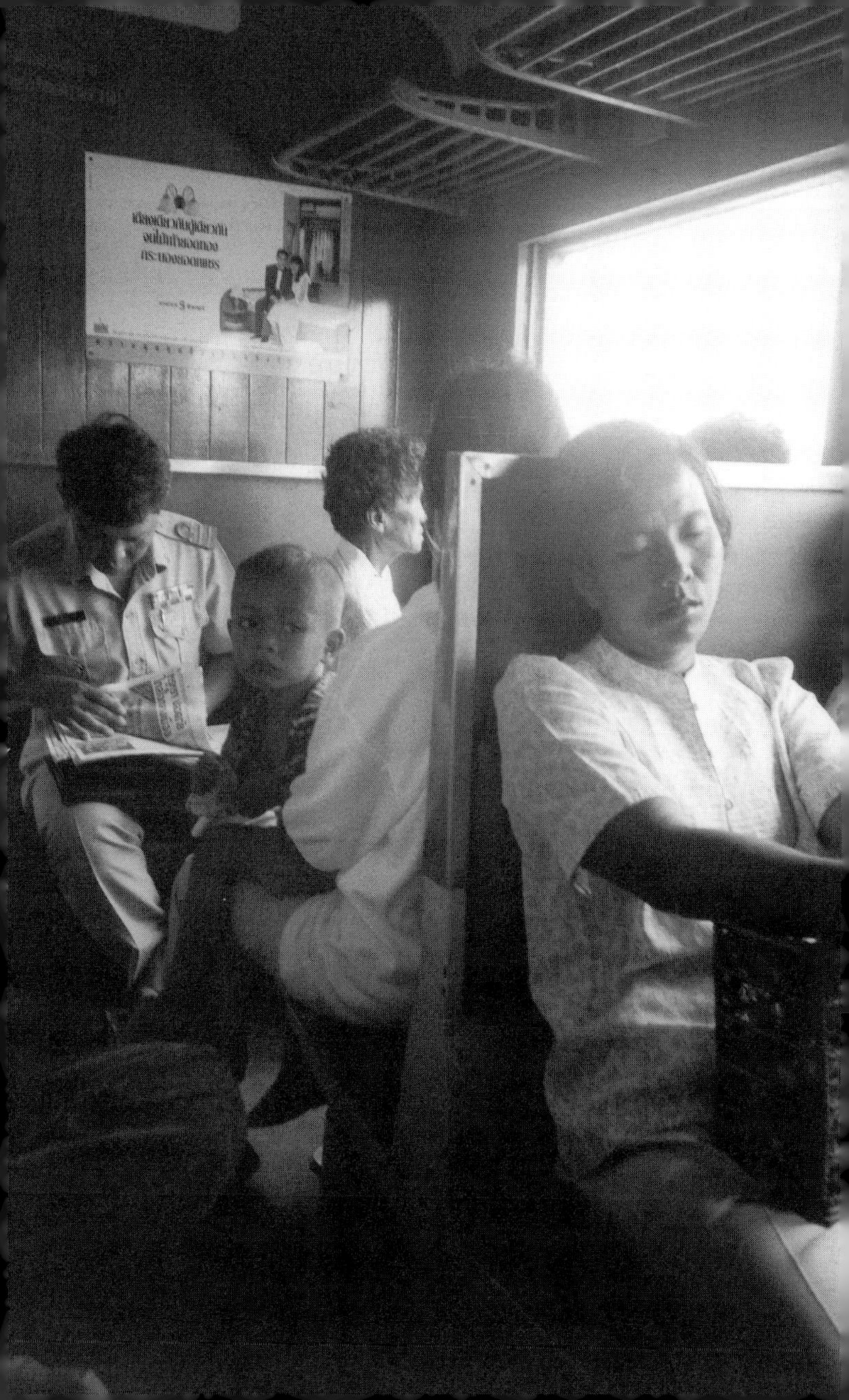

II

二六歳　上海

私は二六歳（一九九四年）のとき、初めて金子を訪ねるための能動的な旅に出た。新聞の記事に長崎・上海間に定期船が復活したという小さな記事を見つけたのが始まりだった。そこには長崎・上海間の定期航路が五一年ぶりに復活したと書かれていた。昭和一八年以来のことのようだった。

かつて金子は長崎からの定期船で上海に渡った。金子が訪れた昭和の初めの一九二〇年代、上海はパスポートなしで行ける数少ない外国だった。頻繁に出ていた長崎からの定期船を使って一九二六年に上海に二ヶ月ほど滞在する。そもそも特別な目的があったわけではないようだ。

「この旅は、私たち二人の長旅の前奏であり、あとに来る大きな旅の道すじをつくった、私たちにとって意義ふかい旅となるのである」（『どくろ杯』）

金子が「前奏」と記しているのは、さらに二年後の一九二八年にヨーロッパへ約五年の放浪の旅に出ることを指している。

そもそも金子と三千代が長崎から上海に向かうことになったのは、当時、教師であった三千代の父が伊勢の中学から長崎へ勤め先を変えたことと深く関係している。子供が母乳を飲まなくなり、長崎の親に助けを求める。すると「初孫をつれてみんなで来い」「子供はあずかるという返事」が来たのが始まりだった。

当時の私は勤めていた新聞社を辞めて、三年が経っていた。とにかく暇で、たいした仕事がなかった。私はさまざまな写真の仕事を求めた一方で、そもそもフリーのカメラマンと呼ばれる自分以外の多くの者がどのような動きをしているのか、いってみればその生態のようなものが、まったくもって把握もイメージもできなかった。それだけに戸惑いは大いにあった。

次第にわかってきたことは自分から動かなければ相手にされることはなく、待っているだけでは永遠に仕事はやって来ないということだった。写真の腕もたいしたことなければ、まったくの無名なのだから、そんな人間のところに仕事が来るわけがない。ただ、バブルは弾けていたが、後から思えばその余韻は十分に残っていた。

さまざまな出版社の編集部に営業に行った。最初に来た仕事は、いまでもよくおぼえている。ある月刊の旅行雑誌から、静岡県特集の仕事をもらった。アジアで撮った写真でポートフォリオを作り、代表電話に電話をかけた。たまたま対応してくれたのが同い歳の男性編集者で、歳上のカメラマンよりロケ先でもあまり気兼ねせずに済むという編集者側の理由が作用したことを後で知った。三泊ほどのロケはずっと民宿で同室だった。

ただ、すべてがそう簡単に仕事に結びつくわけではない。一〇件訪ねて二、三件仕事が来ればいい方だ。この確率を高いと思うべきか、低いと思うべきか。おそろしく確率が低いわけではないが、この程度だと、日常的にかなり暇なカメラマンということになる。

それに同じ編集部や編集者に対して、そう何度も営業ができるわけではない。見てもらうポートフォリオが簡単に更新できるわけではないし、ずうずうしくまた訪ねて行く勇気もない。

そんな日々を過ごすなか、あることに気がついた。何かしらの企画を持ち込めれば新たなポートフォリオがなくてもコンタクトも取りやすく、仕事に結びつく可能性が高まることを。雑誌の現場は常に企画を求めている。それが雑誌の生命線といえるからだ。だから多くの雑誌で歓迎される。

「何か、企画とかあったらいつでも持ってきてください」

そんなふうに声をかけられたこともある。素晴らしいのは企画を考えることにはほとんどお金がかからないことだ。当たり前だが在庫をかかえたり、先行投資する必要がない。調べものをするのだったら図書館へ行けばいい。とにかくアイデア次第なのだ。つまりゼロを一〇〇にする可能性がある。だから、私は企画ばかり考えていた。

切実だった。スタートの数年がうまくいかなければ、この先ずっと続けていくのは無理だという思いが強くあった。現実的に毎月の家賃を払うことができなければ東京にいることはできない。だから私は家賃のことを東京に滞在するための「ビザ代」と考えていた。滞在許可のために最低必要な代金。それが払えなくなったら、この街を去らなくてはならない。そのくらい払えないようだったら、潔く田舎へ帰った方がいい。そう考えていた。

そんなさなかに長崎・上海間の定期船復活のニュースを知った。早速、同じく旅が好きなライターの友人にこのことを話した。友人が当時連載していた週刊誌で記事にしてもらいたかったからだ。そして取り付けることに成功し、友人と長崎から上海へ向かうことになったのだ。

私たちが乗った定期船は、正確には貨物船におまけのように数室だけ客室がついただけの貨客船だった。朝のうちに長崎の港を出て船は一昼夜海上を進み、翌日の夕方上海に着いた。船内の水道の蛇口からの水は錆色に濁っていた。驚いて船員に訊ねると、

「日本では水は高くて買えない。上海で積んだ水だ」

という答えが返ってきた。

私は長いあいだ甲板に出て海を見ていた。帰国するための数人の中国人も同じように甲板に出て遠くを見ていた。彼らの多くは双眼鏡を持っていて、じっと遠くを見つめていた。真剣に見続けるものなど、どこにも存在しないはずなのに。


青かった海のいろが、朝眼をさまして、洪水の濁流のような、黄濁いろに変って水平線まで盛りあがっているのを見たとき、咄嗟に私は、「遁《かえ》れる路がない」とおもった。

（『どくろ杯』）

金子が残した文章の正体を目撃したい思いが強くあった。一九二六年に金子が目撃した光景。叶うならば同じものに触れたかった。

長崎を発った翌日の昼くらいだろうか、それまでずっと続いていた黒々とした海の先に白っぽいものが見えた。泥のような色をしていた。その水の層が舳先の方向に現れた。私たちが乗った船は次第にその方向へ近づいてゆく。何か巨大なもの、あたかも怪物みたいなものが立ちはだかっているように感じられた。静かに飲み込まれてゆくかのようで、かすかに恐怖心が芽生えた。やがて泥色の海はすぐ目の前まで来た。その境目がくっきりとわかった。海にも境界があり、けっして混じらないことを知った。

やがて、すべてが泥色の海に包まれた。その色が何に由来しているかは誰に聞かずともわかった。上海は揚子江の河口にあたる。陸の土が海に流れだしているさまなのだ。私はこのとき、大陸の巨大さを実感した。まだ陸地も見ていないし、触れてもいないのに、それがどれほどであるかをまざまざと知った。想像を絶した。

「とうとう、来てしまったのね」

私の横にすりよってきて彼女は、のどのつぶれたような低い声でいった。こんなところまで私をつれてきてしまったのね、という批難がその底にこもっているようにきこえた。

「賽《さい》は振られたのさ」

私のことばのうらには、もうここまで来ては、手も足も出まいという意地わるさと得意さが、じぶんでもひやりとするような調子をひびかせた。

――『どくろ杯』より

私は船を降りた地点から歩いてすぐの場所にある、浦江飯店《プージャン》というバックパッカーがよく使うことで知られているホテルに投宿した。最初の日だけあいにく満室だったので、その晩は道路を挟んだ先にある上海大厦《シャンハイマンション》に泊まった。ここも古い建物でバックパッカーのあいだではそれなりに有名だった。

そもそも上海はバックパッカーにとって旅の起点ともいえる地だ。日本からもっとも安く外国へ行く方法はいくつかあるが、そのひとつが船で上海へ向かうことだったからだ。当時、関釜フェリーで下関から韓国の釜山に行くのがもっとも安く行ける外国だったはずだが、その次が大阪、神戸と上海を結んでいる鑑真号だったはずだ。

ただし、韓国の場合は北朝鮮を通過できないため陸路で西へ進むことはほぼ不可能で、するとやはり上海ということになる。実際に私はインドやネパールで、上海からひたすら陸路を西へ進み、ヒマラヤの峠を越えてここまで来たという旅行者に何人も会った。

バックパッカーがたむろする安宿には、東南アジアやインドなどで何度も泊まっていたので、上海でも同じようなところを想像していたのだがまったく違った。安宿は、当然ながら安普請だったりボロボロの建物というのが当たり前なのだが、随分と重厚で立派な建物で驚いた。外見は高級ホテルのようだった。初めて上海に着いたバックパッカーが安宿がどこでもこのレベルだと思い込んでしまったら、その後がつらいだろう。そんな余計な心配まででした。

なにより清潔感があった。それに毎朝、服務員の女性が魔法瓶に入ったお茶を交換しに来てくれるのだった。話には聞いていたが、たとえ寝ていようがお構いなしでドカドカと入ってきては、前の日に置いた魔法瓶を回収し、新たな魔法瓶を置いていく。中身はジャスミンティーだったと記憶している。あたかもお茶を飲まないと、この国で生きていけないのではないか、あるいはその禁断症状にあるのではないか。そんなふうに思わせるほど切羽詰まった印象があった。

浦江飯店が安宿然としていなかったのは、すべての部屋が安宿として使われているのではなく、一部だけが旅行者のための宿となっているからのようだった。建物のほかの部分にはほとんど足を踏み入れたことがなく詳しくはわからないのだが、会社らしきものが別のフロアにはあった。ちなみにこの宿は現在、存在しないらしい。調べてみると「アスターハウスホテル」というそれなりに立派なホテルに変貌していた。バックパッカーが泊まれる値段ではないが、いつか訪ねる機会があったら泊まってみたい。

友人と私はそれから二週間を上海で過ごした。そもそもの目的である撮影は長崎の港を出てほんの一時間ほどで終わってしまった。友人の連載の趣旨は日本を脱出するというものだった。だから遠くに日本（長崎）が写っている写真（誌面上、使える写真は一枚と決まっていた）を撮ったところで終了となり、その先は自由だった。上海に着いたら日本へすぐ戻ってもまったく問題なかった。経費がかさむので出版社はそれを望んでいたはずだ。私たちが勝手に居残ったようなものだ。それでも当時はまだ出版界に体力があったといえるのだろう。二週間の滞在費もその出版社から出していただいた。いま考えると、よく許してくれたものだと思う。

上陸後にはっきりとした目的があったわけではない。ただ、まったく目的がなかったわけではない。何かしらのものを二人で取材して、日本に帰ったらどこかの雑誌に売り込むつもりだった。

友人と私は毎晩ディスコに繰り出した。当時、鄧小平が改革・開放政策を進めていて中国の沿岸部は経済特区となっていた。上海はその中心で、古い街並みが急速に壊され再開発の真っ最中だった。街には地方からの若い労働者が多くいた。駅前広場に行ったとき、あてもなく地方からやってきた若者に遭遇した。彼らはダンボール紙に自分ができる仕事を書いて雇い主を探していた。

ディスコには時々、外国人の姿も見かけた。仕事で駐在している欧米人が主で、必ずと言っていいほど中国人の若い女の子たちが周りに群がっていた。ただでお酒を飲めるからのようだった。彼女たちは外国人相手に売春もしているのではないか。そんな情報を私たちは訪ねていった大手新聞社の日本人新聞記者から得ていて、それを確かめるためでもあった。だから、私たちは女の子たちに果敢に接触して取材を試みた。友人が英語と筆談で取材して、私が写真を撮った。

「この街では、かわいいだけで幸せになれるのよ」

一人の少女がそんなことを口にした。

二週間、街を駆け回って、それなりの取材はできたと実感と手応えがあった。だから、帰国後雑誌に売り込みにでかけた。どこかで採用されるだろうと信じていた。しかし、どの雑誌にも掲載されることはなかった。結果として、売春をしているかどうかを確かめる

できれば、妻をその恋人からひきはなすための囮《おとり》にかけたパリまでのこの先の旅など、手つけながれにして、忘却の時間をかけてなんとか立直るまで、この上海の灰汁《あく》だまりのなかにつかっていてもいいとおもった。

――『どくろ杯』より

ことができなかったことが大きかったのかもしれない。つまるところ、当時の上海で起きていることに、多くの日本人は興味などなかったのだろう。

金子は二ヶ月にわたる最初の上海滞在を「私たちにとっての小さな祭りだった」と『どくろ杯』に書いている。谷崎潤一郎による七通の紹介状が「懇切をきわめていた」からでもある。その効果により「いたるところでおもいがけない便宜をはかってもらえた」という。谷崎の心配りに対し「なんの見どころもない、そのうえ因縁の浅い私を、彼がなぜ、そんなに厚遇してくれたのか今も猶理由がわからない」とも記している。

「陰謀と阿片と、売春の上海は、蒜《にんにく》と油と、煎薬と腐敗物と、人間の消耗のにおいがまざりあった、なんとも言えない体臭でむせかえり、また、その臭気の忘れられない魅惑が、人をとらえて離さないところであった」ようで「日本へ帰ってからも、しばらくその祭気分から抜けられなかった」「歓楽去った後の哀傷のように、東京の生活ががらくた市のように待っている」と続き「幸いなことは、子供がすっかり丈夫になったことであった」と、そっけないほど短く添えられている。

それから二年後の一九二八年の一一月、夫婦はヨーロッパへ向けて五年におよぶ旅に出るのだが、始まりは同じく上海だった。

「なんの計画も、希望もなく、日本を離れるためだけに出てきた」旅の目的地はパリであった。ただ、それも金子が求めていたものではなく、三千代のためであった。妻の愛人から妻を引き離し、ほとぼりが冷めるまでという思いで妻を連れ出した。

一回目のときと同じく、長崎から上海に上陸寸前の船上での会話は印象的だ。

「とうとう、来てしまったのね」

三千代は呟く。

「賽は振られたのさ」

金子は答える。

忘れてはならないのは、この五年におよぶ旅の最中も一人息子を日本に残していたことだ。

「どくろ杯だよ」
秋田の掌のうえには、椰子の実を二つ割にしたような黒光りした器《うつわ》がのっている。
「蒙古で手に入れた。人間のどくろを酒器にしたものだ」
内側は銀が張ってあって、黒ずんでうす光りがしている。彼女は手にとろうとせず、気味わるそうにのぞきこんでいる。

――『どくろ杯』より

III

三〇歳　バトパハ

バトパハに着いて第一の夜、私は、はるばる馬来《マレイ》の奥にひとりで入りこんできた空隙さのなかで、秒針《セコンド》をきゝ、金気《かなけ》くさい鐪目をまさぐった。それをただ、私の旅の憂愁にのみかずけてしまえないで、馬来のこゝろの貧しさに触れた、切な悲しみと思做《おもいな》した。(『マレー蘭印紀行』)

三〇歳になったとき、私は初めて金子光晴の痕跡を訪ねることを旅の目的として、東南アジアの国々を旅した。正確には三〇歳から三二歳までのあいだのことだ。その頃、無性に金子光晴の存在に惹かれた。さらにその数年後にはパリまで足を延ばすことになる。

何故、金子光晴の旅を追いたいと思ったのだろうか。私がそもそも金子の存在を知ったのは二三歳のときだったことはすでに記したが、あまり熱心な読者になれなかった。シンクロしなかったのだ。これもまた以前に触れたことだが、おそらく金子の読者として私は若すぎたのだ。大人の情事を知るにはまだ幼すぎたといえるかもしれない。

金子が妻の森三千代をシンガポールから先にパリに送り出し、その後パリへ向かったのは三三歳のときだった。改めて興味を抱いたのは、その年齢に自分が近くなってきたことと関係しているのだろう。少しは追いつき、金子の心情をより知りたくなってきたのだと思う。あるいは強引に金子を自分に重ねるようなことをしたかったのかもしれない。

五年におよぶ金子と妻の旅からは、『マレー蘭印紀行』『ねむれ巴里』『西ひがし』などの書物が生まれることになるのだが、このことに注目していた頃でもある。

私は二三歳からアジアを旅するようになったが、それを繰り返すなかで、次第に新鮮味が薄れてきたことに気がついていた。旅先が、どこか慣れ親しんだ場所に傾き始めたといってもいいだろう。特にタイは私にとってそんな街になっていた。

まず私はシンガポールからバトパハへ向かった。何をおいてもまずはバトパハへ、という思いがあった。一九九八年のことだ。バブル経済はすでに崩壊して、失われた一〇年と呼ばれる時代の真っ只中だったが、そのことを多くの人はまだ認識してはいなかったはずだ。

あの頃、私は旅の新たな目的とか、道しるべになるようなものを探していた。それまでの旅はいってみれば出会い頭や刺激を求めていた。目的など必要なかった。初めての場所、初めて口にするもの、初めての風景に触れることで起きる摩擦熱のようなものだけで十分だった。しかしそれらを求める過程をすでに通過していた。

ただし、旅をすることへの気持ちはしぼむことはなかった。だから目的とか、テーマといったものが必要になったのだと思う。そういう意味では、この頃私の第一期のアジアへの旅は終焉を迎え、次のステージを迎えたという言い方もできるかもしれないし、もっとおおげさにいえば青春の終焉という言い方もできるだろう。


滞在していたシンガポールのＹＭＣＡのフロントで、インド系の女性に「マレーシアのバトパハに行くにはどうすればいいのでしょうか？」と訊ねた。すると彼女は考えごとでもするようにしばらく黙ってから、「バトパハ？　それはどこ？」と答えた。

おそろしく有名な場所だとか、大きな町だとかはもちろん思っていなかったが、そうはいってもそれなりに多くの人が知ってる地名だと思っていた。シンガポールからマレーシアへは直行のバスがいくつも出ているから、当然知っていると思ったのが間違いだった。

「あなたはそんなところへ、いったい何をしに行くの？」

Singtel

女性はそんなことまで言いだした。国境を越えたジョホールバルにはマレーシア各地に行くバスがあるので、まずはそのバスターミナルへ行くことを勧められた。

おそらく、僕の友達が二百人いるとしても、これから先もそのうちの一百九十八人は知らないで終るにちがいない、そのバトパハにいるのだった。(『西ひがし』)

金子はバトパハについてそんなふうに書いている。言葉の通りなんの特徴もない田舎町のひとつにすぎない。『マレー蘭印紀行』にはこの町に住む人の数が「四万人」ほどと記されている。その「八十パーセントは華僑、日本人の数は約四五十人である」とある。当時「ゴム園と鉄山の拠点となって」いた。

どういうわけか、金子はこの町を愛した。何故？という疑問が湧きもする。ただ、金子の言葉に触れていると、その答えらしきものがぼんやりと浮かび上がる。ある種の寂しさに惹かれていることがわかる。

もの哀しい抒情の味いのふかいところ（『西ひがし』）

山川の寂寥がバトパハぐらいふかく骨身に喰入るところはなかった。（『マレー蘭印紀行』）

金子の文章は小さな水たまりを連想させる。いつか干上がってしまうかもしれない危ういそれを、人間の営みの危うさといったものを。寂寥が必ずしも自然環境だけに向けられた目線ではないはずだ。

金子はこの町で日本人（邦人）クラブに長く逗留する。この建物抜きにこの町での金子について語ることはできない。日本人クラブとは日本人会と深く関係していて、ゴム園や鉱山で働く日本人が無料で宿泊できる施設だったようだ。金子も当然ながら、ここに無料で宿泊することが許された。

クラブの会長である松村氏という人物との交流が『西ひがし』などで幾たびも描かれている。金子より「十や十五は年上なのに、妻子もいない」ようで、彼のことを「まるで、一種類しか表情をもっていない人間のようで、孤独な平常なので、それを孤独ともおもわない」と表現している。

さらに「若い日、なにかの都合で、こちらへわたってきて、もっている少々の金を失って、弱っているとき、なにかのことから（例えば、同郷のヒキがあるとか、人間が正直そうで安心できるからとかいう理由で）ここに職をえて、そのまま二十年、三十年と、今日までこの生活がつづいているのであろう」と想像する。

パリから日本へ帰国の途中、つまり再訪の際、松村氏は小学校の先生のなり手がいないことを嘆いているようで、それとなく金子の意向を探り、立ち入ったことを訊ねてくる。それに対して金子は「うっかり返事をすれば、そのまま、一生そこに居つくということにもなりかねない」と考え、「食事は、クラブで食べないようにしている」と綴っている。続けて「この辺の汐入り川の風物は気に入っているし、バトパハという町も手頃で、友だちがいなくてもさほど淋しいとはおもわない」とも書いていて、ここにとどまる人生を夢想する瞬間もあったはずだ。

人間観察にも、もの哀しい抒情の味わいを感じずにはいられない。異国で生活する日本人へ向けた金子の目線を強く感じる。自分の姿をそこに重ねているからだろう。

一度バトパハにおちつくと、他の人には、あんなところのどこがそんなに気に入ったのかとふしぎがられるが、僕にとっては、あんなに手がるで、気のおけない、そのうえしずかなところはなかった。（『西ひがし』）

瘦枯れた老人が、豆ランプを点して大煙管で阿片を吸っているのが、いたいたしい。霧がふかいので、時には、靴で豆ランプを蹴ころがしそうになって、はっと立止ることもあった。何万、何十万ともしれない燕の大群が、そのさえずりで街を占領していることもある。電線という電線は、燕が乗るので、低くたわんでいる。（『西ひがし』）

大都市だったらまだしも、無名な田舎町について金子がこれほどまで筆を費やすのだから、特別な何かがあるはずだと考えるのは当然だろう。だから私はこの町を訪ねたいと強く望んだ。

ジョホールバルのバスターミナルで「バトパハへ行きたい」と告げると、あっけなく「あっちだ」とバス停を指さされた。そこには「峇株吧轄」と書かれていた。どうやら、中国語でバトパハという意味のようだった。

私は無事にバトパハ行きのバスに乗ることができた。バスは意外なほど混んでいて、ほとんどのシートは埋まっていた。私以外の乗客はおそらくマレーシア人と思われる地元の人たちのようで、私のような外国人らしい姿はなかった。

走り出したバスの窓の外をぼんやりと眺めていると、私はある心境に包まれた。自覚したといってもいい。旅が細部へ入ったという感覚だ。初めてマレーシアを訪れた二三歳のときバトパハという地名には『マレー蘭印紀行』を読むことで触れていながら、訪れたいなどとはまったく思っていない。主要な都市や街ばかりに足を踏み入れた。そんな細部へという意味だ。

ぼんやりと窓の外を眺めていた。誰もが押し黙っている。バスは高速道路を行く。乾いた風景が続く。どこにも侘び、寂びといったものを感じない。道路の先は延々と緑。それらのほとんどはゴム園のようで、葉っぱが直射日光を反射させている。密林ではない。乾いた林という印象だ。金子がここを訪れた時代も、密林の多くはすでに失われていたのだろうか。すべてが遠い。

いつの間にか眠っていたようで、目を覚ますと窓の向こうの風景は止まっていた。バトパハに到着したようだ。バスを降りると意外なことに空気がひんやりとした。私は、大きく息をしてみた。それには理由がある。

「ああ。この臭い」と、気がついただけで、三年間忘れていた南洋のいっさいが戻ってくるのであった。(『西ひがし』)

ヨーロッパの帰路、金子がバトパハに再び立ち寄ったときの描写だ。この一文が私は

ずっと好きだった。旅とはおそらく個人的で私的であればあるほど、ときに普遍的な広がりを持つ。

西洋的な硬質なものから、東洋の軟質なものへの回帰の過程といってもいいだろう。この一文は熱帯の懐の深さと優しさに触れ、再生するさまのようにも感じられる。つまり文明社会から取り残されたようなバトパハが、金子にとってはパリの対極として存在していることに気がつく。文化的なものも表立った歴史もほとんど存在せず、過去もほとんどない。ゴム園の開墾が始まるまでここはジャングルだったのだから。

だからこそ、生身の人間がくっきりと浮き立って見えたのではないか。汗を流す褐色の肌が美しく見えたのではないか。何もないということの潔さと美しさに金子は魅了されたのではないか。そもそも金子が描く「寂寥」の正体はそれを指しているのではないか。

西洋と東洋。

パリとバトパハ。

華の都と未開の地。

宿泊先は決めていなかったが、心配はしていなかった。中国系の人たちが多く住んでいることは事前に調べて知っていた。彼らが多く住む地には必ず商人宿風のビジネスホテルがあって、それなりに綺麗なことが多いことを経験から知っているからだ。

実際歩き始めると遠くにホテルの看板を見つけた。アルファベットに漢字が併記されていた。四、五階建の建物で、そのまま吸い込まれるようにホテルに入った。

「部屋はありますか？」

「ある」

実際に通された部屋はおそろしく殺風景だった。簡素に完結していた。

窓からの眺めはまったく期待していなかったのだけど思いのほか眺望がよく、日がいまにも暮れようとしていた。私はカメラを持って慌てて部屋を出た。ホテルで簡単な地図をもらって、バトパハ川の方向へ歩きだした。金子が何度も文章にしているその川を一刻も早くこの目で見たかった。歩き出すと身体がふらついた。ずっとバスに乗っていたからだろうか。

街のつきあたりに、満水のバトパハ河のうちひらけるのをながめたとき、私は、しおやまみずのいりまじった水のなかに、頭からずんぶりとつけられたような気がした。

（『マレー蘭印紀行』）

この文章に触れると『どくろ杯』のなかで、長崎から上海へ向かう途中、金子が海の色が変わる地点を目撃した描写を思い出す。それもやはり海と川の境界、二つが混じり合う地点のことだ。ボーダーといえる。混沌のそれか。それらに明確な境目はなく、曖昧だ。それを一種の寛容として金子は捉えたのではないだろうか。

川にはあっけなくたどり着けた。正直、どこにでもありそうな川だ。平凡、凡庸な流れだ。幅一〇メートルほどだろうか。取り立てて語るものは見当たらない。もちろん観光名所でもない。町はそこで切れていた。あたりは次第に闇に包まれようとしている。

正直なところ、金子がこの川の何にそれほどまで反応したのかが私にはわからなかった。私はここで初めてニッパ椰子を目にした。金子はその植物について何度も繰り返し記し、詩にしている。だから果たしてどれほど魅力的な植物だろうかと気になっていた。

実際に目にしたそれはバトパハ川同様に正直、ピンとこなかった。日本の河原に生えているススキを連想させた。見栄えがいいわけでもない。だというのに金子は大きく反応した。このことは何を象徴しているのか。あるいは、私がもっと年齢を重ねたら、何かしら別の感覚を得られるのだろうか。

南国の色鮮やかな花ではなく、まったく人目をひかぬ植物、それも葉っぱに大きく反応した金子。少なくともこのことは大きな特徴だ。

こころのまつすぐな
ニッパよ。
漂泊の友よ。
なみだにぬれた
新鮮な睫毛よ。

ニッパは
女たちよりやさしい。
たばこをふかしてねそべってる
どんな女たちよりも。

――『女たちのエレジー』
「ニッパ椰子の唄」より

GOLDSMITH
衣車唱機
鐘錶打金傢俬發行
大光金莊
TUCK CHEONG WATCH & LAMB DEALER

かれらは消えてゆく
杯の底にのこつた
シャンペンの泡のやう。

――『女たちのエレジー』
「混血論序詩」より

有限公司
ONG BAN HONG LEONG (M) LTD

Ⅳ

洗面器のなかの

バトパハに「日本人クラブ」の建物がまだ残っていることは、雑誌の記事で知った。記事には写真が添えられていて、洋風の建物はかなり巨大で魅力的だった。それほど大きな町ではないので、おそらく現地に行きさえすれば、たいして情報など持っていなくても見つけられる気がした。

バトパハに着いた翌日、その建物を探すために町を歩き出すと、あっけないほど簡単にそれは見つかった。三階建の巨大な建物だった。屋上を囲む手すりと角には西洋風東屋とでもいえばいいのだろうか、洒落た小さな建物が建っていた。

建物全体が淡い水色で、飾りの柱が一階から屋上まで貫かれている。相当にモダンだ。金子がここを訪れた当時、どれほど立派に映ったことか。高級ホテルの趣といっても過言ではなかっただろう。

もちろん過去のものという印象はいなめない。建物全体から寂しさが漂う。閑散としていて、一階以外に人の気配は感じられない。一階部分は強い日差しをさけるため、入口は少し引っ込んだところにある。その軒先にあたる廊下状のものを軒廊（カキ・ルマ）と金子

ご購入ありがとうございました。ぜひご意見をお聞かせください。

■ ご購入書籍名

（ご購入日：　　　　年　　月　　日　　店名：　　　　　　　　　　　　　）

■ 本書をどうやってお知りになりましたか？

□ 書店で実物を見て
□ 新聞・雑誌・ウェブサイト（媒体名　　　　　　　　　　　　　　　　　）
□ テレビ・ラジオ（番組名　　　　　　　　　　　　　　　　　　　　　　）
□ その他（　　　　　　　　　　　　　　　　　　　　　　　　　　　　　）

■ お買い求めの動機を教えてください（複数回答可）

□ タイトル　□ 著者　□ 帯　□ 装丁　□ テーマ　□ 内容　□ 広告・書評
□ その他（　　　　　　　　　　　　　　　　　　　　　　　　　　　　　）

■ 本書へのご意見・ご感想をお聞かせください

■ よくご覧になる新聞、雑誌、ウェブサイト、テレビ、
よくお聞きになるラジオなどを教えてください

■ ご興味をお持ちのテーマや人物などを教えてください

ご記入ありがとうございました。

POST CARD

料金受取人払郵便

小石川局承認

8662

差出有効期間
2021 年
3月20日まで
(切手不要)

1 1 2 - 8 7 9 0
127

東京都文京区千石4-39-17

株式会社　産業編集センター

出版部　行

★この度はご購読をありがとうございました。
お預かりした個人情報は、今後の本作りの参考にさせていただきます。
お客様の個人情報は法律で定められている場合を除き、ご本人の同意を得ず第三者に提供することはありません。また、個人情報管理の業務委託はいたしません。詳細につきましては、「個人情報問合せ窓口」(TEL：03-5395-5311〈平日 10:00 ～ 17:00〉)にお問い合わせいただくか「個人情報の取り扱いについて」(http://www.shc.co.jp/company/privacy/)をご確認ください。

※上記ご確認いただき、ご承諾いただける方は下記にご記入の上、ご送付ください。

株式会社 産業編集センター　個人情報保護管理者

氏名《ふりがな》

(男・女／　　　歳)

ご住所　〒

TEL：	E-mail：

新刊情報を DM・メールなどでご案内してもよろしいですか？	□可　□不可
ご感想を広告などに使用してもよろしいですか？	□実名で可　□匿名で可　□不可

は記し、さらに「軒廊の散歩はおもしろかった」(『西ひがし』)と表現している。こんなつくりの建物は、商店などに多い。かつて「日本人クラブ」の建物すべての一階部分がそうだったのかもしれないが、その気配だけが残っている。大部分は倉庫になっているようだ。薄暗い奥の方の様子や人の出入りからそのことがわかる。だから建物全体が巨大な倉庫のような印象をおぼえるのだ。

二階、三階がどうなっているのかが気になって、注意深く見上げてみる。金子は二階と三階に滞在していたはずだ。『マレー蘭印紀行』のなかで金子は建物の窓のことを「鎧窓《よろいまど》」と表現しているのだが、いまも「鎧窓」に変わりない。細長い板がいくつも重なっているブラインドのようなそれ。当時のものである可能性は低いだろうが、その存在が嬉しかった。路上に伸びた金子の影をかすかに踏んだような実感。これを体験といっていいのか戸惑う。

毎朝、芭蕉《ピーサン》二本と、ざらめ砂糖と牛酪《バタ》をぬったロッテ(麺麭)一片、珈琲一杯の簡単な朝の食事をとることにきめていた。(『マレー蘭印紀行』)

女たち。
チリッと舌をさす、辛い、火傷しさうな
野糞。

あの女たちの黒い皺。黒い肛門。
マレイ半島、バトパハでは、
女といふ女は、のこらず歯ぬけ。

――『女たちのエレジー』
「女たちのエレジー」より

私も金子にならって毎朝、ホテル近くの茶店でロッテ（ロティ）を食べた。ロッテとはそもそもインドの食べ物でチャパティに似たクレープ状のものだ。中国系やインド系が経営している珈琲（カッピー）店が多く存在するのだが、インド系の人たちが営む店のメニューにはもちろん、中国系のお店にもいまも当たり前にある。そのことが私は嬉しかった。金子がここにを訪れた頃と、おそらくそう大きく変わってはいないだろう。小麦粉をこねて薄く伸ばされたものが鉄板の上で焼かれ、香ばしい匂いが朝の光に眩しく反射する。

私は日本人クラブの近くで一人の中国系の男に、ノートに「岩泉茶室」と書いたものを見せながら話しかけた。金子は「岩泉茶室」という店をよく利用したようで、その場所を訪ねてみたかったのだ。

「このお店を知りませんか？」

男はそれには答えず、私の顔をまじまじと見た。

「日本人か？」

「そうだ」と答えると、「このお店は、半年前になくなった」と言った。

「半年前!?」

「はい」

英語での会話だったが、私は筆談で改めて問うた。やはり間違いないようだ。

「時々、日本人が来る。だから、私はそのことを知っている」

「何故？」

男は私のノートをとって、何かを書き出した。やがて「金子」という文字が現れた。驚くとともに確証を得た。探し当てたという気持ちだ。

「何故、あなたが金子を知っているのか？」

男はおおよそ以下のようなことを答えた。「金子」の本を持ってこの町へやってくる日本人の旅行者が時々いるからだという。そのほぼすべては「金子」のためで、「金子」の本を持っているから、その名前をおぼえたのだという。

私は男に教えてもらった場所まで行ってみた。ぽっかりと空き地で、明らかに建物が最

近壊されたことがわかる。

私はコピーと呼ばれる甘いミルクコーヒーを頼み、運ばれてきたガラスのカップに入ったそれを一口飲んだあとで短パンから伸びた自分の足に目をやる。日に焼けていない弱々しい肌。サンダル履きの指先。朝食をとりながら、こんなふうに自分の足元を眺めたことなど、これまであっただろうか。

やがてカレーとロティも運ばれてくる。プラスチックの器にそれぞれ載せられている。カレーはかなり汁っぽい。それにロティを浸して口に運ぶ。辛さに目が覚める。

私は立ち止まるように旅について考える。その目的について、あるいはテーマと言い換えてもいいのかもしれないそれについて。目的やテーマなど果たして必要なのか。ただただ闇雲に未知の世界へ突き進む旅があってもいい。一方でその地に関係した何かしらのことやもの、人物、歴史などの片鱗に触れながら旅をすることも魅力的だ。何故なら目の前の風景が違って見え出すからだ。同じ場所が、その一点によって姿を変える。旅とは常に心もとなく、寄る辺ないものである。そこに先人の痕跡などが見えると、急に頼もしくなる。

ただし二〇代の頃の私はそれをたいして求めていなかった。初めての体験から生じる刺激を求めていた。それが、ゆるやかに変化していることに、こんなところで改めて気がつく。

翌日の夜、私はまた日本人クラブに向かった。正確にはその近くを歩きたくなったのだ。建物全体が闇に溶けるかのように映り、昼間とはまるで印象が違う。不気味だ。建物の二階に明かりが灯っていることに気づいた。鎧窓の向こうが明るかった。するとその正体が何であるかをしっかりと見てみたい欲求が芽生えた。

逡巡した末、私は建物に足を踏み入れた。なんとも形容しがたい匂いが鼻をついた。倉庫に保管されている何かが匂っているのだろう。有機的なそれ。階段はいくつかあるようだったが、二階の明かりにもっとも近いと思われるひとつに裸電球が灯っていたので、その階段をおそるおそる上がってみた。すると踊り場の先にトタン板が立ちはだかっていた。ただ、よく見るとトタン板壁の向こうから明かりが漏れていた。窓からの明かりはおそらくここからだろう。

やはり内を見てみたい。誰かが住んでいるのだろうか。ドアらしきところを押してみた

が、ロックされているようで動かなかった。次にノックした。すると場違いなほど大きな音が響いた。

しばらくすると鍵を開けているような金属音がして、扉が内側から開いた。光がこちら側にこぼれ、同時に中年の男の怪訝な顔がヌッと現れた。

私は英語で話しかけてみた。反応はなかった。次に私はあらかじめ準備して手に持っていた金子の『マレー蘭印紀行』の文庫本を男の顔の前にかざした。

すると男はなかに入れと身振りとともに何かを呟いた。

内は驚いたことにビリヤードの台が置かれ、数人の男がそれに興じていた。あまりに意外だった。視線を移すと、部屋の端の方にいる男たちはテーブルの上にトランプを並べていた。どうやらお金をかけているようだった。

「一年に一人くらいあなたのような人が、その本を持ってここへ来ます」

さっき内に入れてくれた中年の男が教えてくれた。男はここが日本人クラブだと知っているようだった。

「三階に上がることはできませんか？」

私は訊ねてみた。金子が建物の三階に滞在していたと書いているからだ。そのことを筆談を交えて説明すると、「いま人が住んでいるから、それは無理だ」という答えが返ってきた。とても人が住んでいるようには見えなかったが、所有者は別という意味かもしれない。すると男は私にあるモノの存在を教えてくれた。

「これは三階にもある。昔から変わっていない」

指さされたものは流しのようなものだった。相当に古いもので、円柱状のレンガで囲まれている。流しの部分は銀色に光っていて、あたかも「洗面器」をそのままはめ込んだように映った。


金子がここに滞在していた頃にもこれは存在していた可能性は高い。私はそれを凝視した。金子の「洗面器」という詩のことが当然頭に浮かんだ。金子がここで顔を洗い、歯を磨き、あるいは痰を吐いた可能性も十分にありえる。『西ひがし』には三階だけでなく二階にも「十日ほどもねて」と記されているからだ。私は蛇口をひねってみた。ジョボジョボと音を立てて水が落ちた。

洗面器のなかの
さびしい音よ。
くれてゆく岬《タンジョン》の
雨の碇泊《とまり》。

ゆれて、
傾いて、
疲れたこころに
いつまでもはなれぬひびきよ。

人の生のつづくかぎり
耳よ。おぬしは聴くべし。

洗面器のなかの
音のさびしさを。

――『女たちのエレジー』
「洗面器」より

V

三二歳　ニューヨーク、パリ

二〇〇一年七月、私はニューヨークからパリへ渡った。

ニューヨークに暮らし始めたのは二〇〇〇年の暮れのことだった。そもそもニューヨークへ行こうと考えたのは、たとえ短い期間でも一ヶ所に定住したいという思いが以前から強くあったからだ。それまではアジアばかり旅していた。それは、もちろん刺激的で多くのものを私にもたらしてくれたのだが、常に旅人としてだった。

旅人は異質な存在だ。昨日までその地におらず、なんの関わりもなく、またふらりと明日いなくなる。責任というものがほとんど介在しない。同じ場所で少しずつ関係を構築したり深めていくこともたいしてない。裏返せばそれが旅の魅力ともいえるだろう。

私はあるときから、それにある種の寂しさや物足りなさを感じるようになった。別の刺激を求め出した。だからひとつの場所に住みたくなった。そう考えると、最低でも一年ほど滞在しなければ住むとは呼べないだろうと考えた。

さらに通い慣れたアジアではなく、まったく別の場所に住みたかった。どこでもよかった。ただ自分なりにルールを決めた。それまで信じていた価値観が通用せず、かつ英語圏で大都市であること。最初に頭に浮かんだのがニューヨークだった。

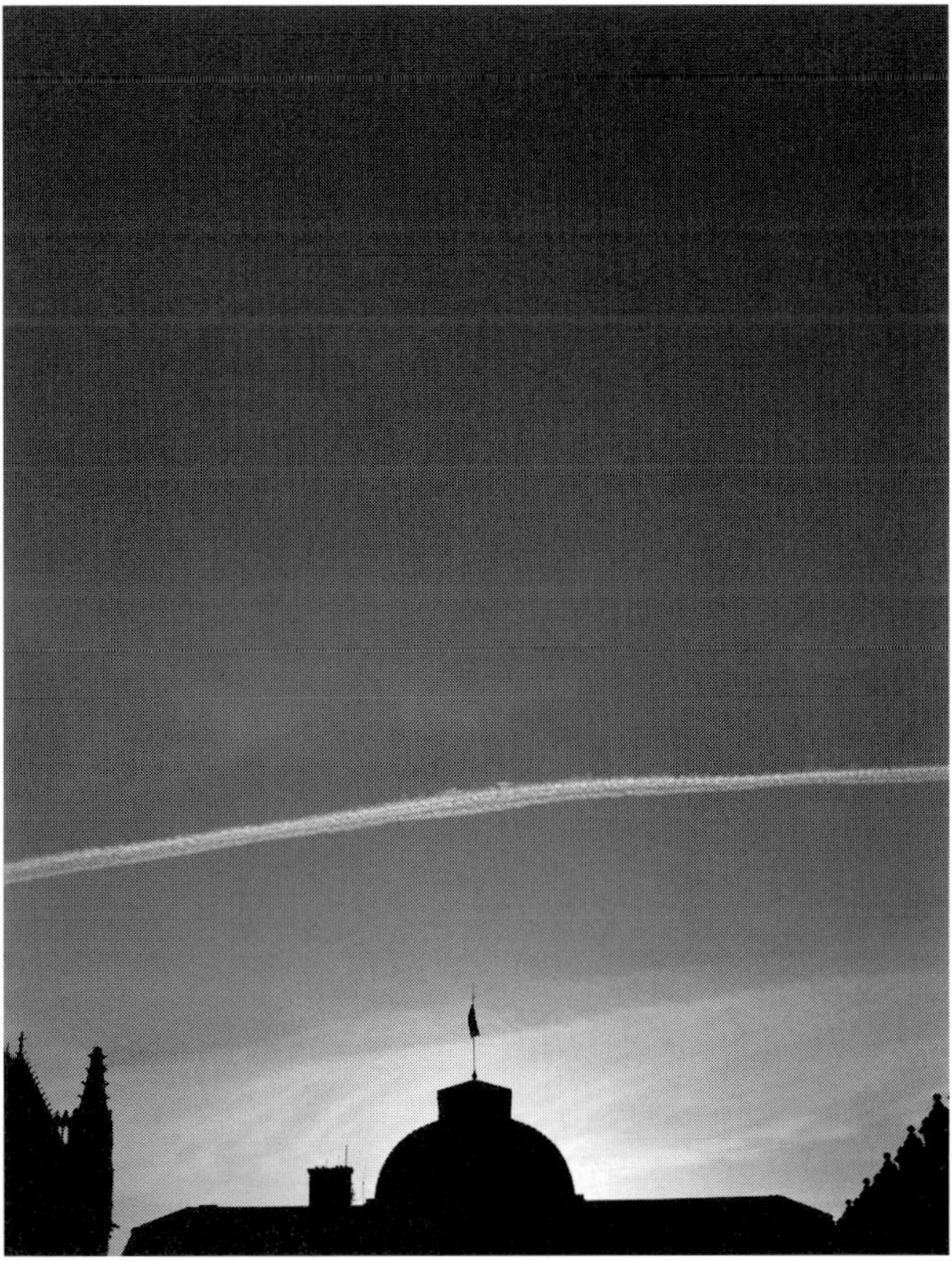

ニューヨークからパリへ飛んだのは暮らし始めて半年ほどたった夏の初めのことだった。大西洋を渡るのは初めての体験で、飛行時間はおおよそ八時間ほどだっただろうか。東京・ニューヨーク間よりもずいぶんと短い（ちなみにそれは一四時間ほどかかる）というのが最初に抱いた感想だ。漠然と太平洋と大西洋は同じくらいの広さと距離をもっていると思っていたから意外だった。アメリカとヨーロッパがかなり近いことを知った。

旅の目的はフランスのリオンへ一人の日本人写真家を訪ねるというものだったのだが、そこへ行く前の数日をパリで過ごした。金子がかつて滞在した場所をできる限り訪ねてみたかったのだ。

ニューヨークへは何冊かの日本語の本を渡米する際にトランクに入れていたのだが、そのなかに金子の『ねむれ巴里』があった。見知らぬ異国で心細いときに読む、馴染んだ本の存在は重要だ。

『ねむれ巴里』には金子が過ごしたパリの地名などが詳細に記されている。私は飛行機のなかで、急にそれを確かめてみたくなった。ニューヨークで買ったパリの地図を開き、そのなかに金子が記した場所を改めて『ねむれ巴里』から拾い出し、落とし込んでゆく作業を繰り返した。ただの思いつきにすぎなかったのだが、驚いたことに金子が記した通りの名前すべてを地図のなかに見つけることができた。思ってもみないことだった。

私は地図に印を入れた地点へ行ってみることにした。このことを日本人の友人と一緒にした。友人は日本の出版社の社員で、会社の制度を使って一年間パリに暮らす計画で、数ヶ月前から滞在していた。彼に再会してランチをともにしているときに、「これから金子光晴が住んでいた場所を探そうと思う」と話すと、一緒に行きたいと言ったのだ。

まずはリュクサンブル公園のつきあたりにあるリュー・ドゥ・トゥルノン通りへ向った。この通りには金子と三千代が滞在したホテルがあった。ただ、ホテルの具体的な名を金子は記していない。「小さな部屋貸しホテル」とだけある。『ねむれ巴里』のなかで私がもっとも好きな場面だし、なにより五年におよぶ金子の旅のなかでの最大のクライマックスといってもいいだろう。

金子はパリ東駅に着くなり日本大使館へ向かい、在留日本人名簿のなかに三千代の名前と滞在先の住所を見つけた。それがリュー・ドゥ・トゥルノン通りの「小さな部屋貸しホテル」だったようだ。

受付できくと、在留日本人名簿のあとの方に、彼女のいる住所が書込んであった。

「地下鉄《メトロ》でゆけば、十分位でゆけますよ」

受付係の人に言われたが、地下鉄に不案内だったので、また、タクシーを拾って、宛名の町と番地をさがしてもらった。セーヌ河を渡って、向う側であった。

——『ねむれ巴里』より

OUi PARIS 2008

ただ、その後、調べてみると金子の記憶違いの可能性もあるようだ。『ねむれ巴里』には「小さな部屋貸しホテル」はシンガポールから先に送りだした三千代の最初の滞在先と書かれているが、『今宵はなんという夢見る夜』（柏倉康夫著・左右社・二〇一八年）には、彼女はいくつかのホテルを転々とした後、ここに滞在していた可能性もあるようだ。『今宵はなんという夢見る夜』には三千代が書いた小説「去年の雪」の一部が引用されていて、そこには「その朝早く、リヨン停車場に着いた彼は、十三子が二ヶ月前巴里についてから三たび移り変わったアドレスを次から次へ一日がかりでさがし歩いてやってきたのだ。」とある。

ただ三千代の文章はあくまで小説である。『今宵はなんという夢見る夜』のなかには「十三子は、「あと三日で、私もう、ここにいなかったのよ」と、つっかかるように言った。それはほんとうだった。月がかわると、早々。十三子は、国際博覧会の日本商品市の女売子になって、スペインのマドリッドへ発つ筈だった。」という一文もある。

いずれにしても、三千代はこのリュー・ドゥ・トゥルノン通りの「小さな部屋貸しホテル」に滞在していて、金子が訪ねたことだけは疑いようのない事実だろう。

金子は『ねむれ巴里』のなかでこのホテルについて「階下がバーになっていて」と記している。店から出てきた老女に三千代の存在を訊ねるくだりもある。

「その人なら、四階の二番にいるからあがりなさい」と教えられ金子は上がっていくのだが「狭い階段をあがってゆくと、ドアが二つあったが、くらいので部屋の番号がよめない」。

実際に訪れたリュー・ドゥ・トゥルノン通りはたいして長い通りではなかった。ほかの通りに両側を挟まれ、その両端を見渡せるほどに短い。通りに一軒だけカフェらしきお店があった。

友人は「きっとあのカフェの建物が、かつてホテルだったと思う」と口にした。友人によればパリのカフェは昔から同じ場所にあることが多いという。たとえ経営者が変わっても同じ場所で経営を続けるのだという。そんなこともあり、私たちはそのカフェに入ってみた。友人が「ここに昔、日本人の詩人が滞在していたはずなのですが、知りませんか？」という意味のことをフランス語で訊ねてくれた。

その答えは当たり前といえばそれまでだが、「知らない」というそっけないものだった。ただ、建物の上の階はいまでも長期滞在できる安いホテルだという。そのことに私は静かに感動した。金子がここを訪ねたのは一九三〇年一月のことだった。そして私が訪ねたのは二〇〇一年。つまり七〇年の時を経ても変わらないものを二つ見つけたことになる。同一の可能性は高い。

私は断然、その部屋を見てみたくなった。せめて部屋の前まで行ってみたくなった。カフェの脇に上階へ続いているらしきガラスドアがあり、ガラス越しになかを覗いてみると階段が覗いた。ドアを開けようとしたが開かない。パリのこの手の建物は必ずというほどオートロックになっている。金子の時代はどうだったのだろうか。

カフェの女性にどうにかなかに入れないだろうかと訊ねてみると、「上の部屋のことはわからない。紙が壁に貼ってあるから、そこへ電話して聞いてみてくれ」と言われた。しかし、貼り紙そのものがドアの向こうにあって、電話番号は読み取ることができないし、読めたところでなんと電話すればいいのか。仮に電話して理解してもらったとしても、なかに入れてもらえるかはまた別の問題だろう。

しばらくすると一人の男が通りの向こうから歩いてきた。住人だろうか。男は手慣れた感じに鍵をあけて建物のなかへ入っていった。次の瞬間、友人が思わぬ行動にでた。ドアが閉まる寸前のところで足をその隙間に滑り込ませたのだ。

「入ってみよう」

その言葉に私は迷わず頷いた。

階段はやはりパリ特有の螺旋階段だった。私たちは四階へ急いだ。右回りに階段は続いていた。もし四階にドアが二つだったら、金子と三千代が滞在していたまさにその場所である可能性はかなり高い。私たちは行き止まりの四階へたどり着いた。

ドアは果たして二つだった。ささやかな達成感みたいなものが押し寄せてもきた。

ただ、『ねむれ巴里』にはドアに「2」と記されているのだが、その数字はどこにも見当たらず、「9」「10」と、あった。それ以外はすべてが合致していた。

Hôtel LE TOURNON

「誰ですか」

「僕だよ。金子……」

「来たの？」

「入っても大丈夫なの？　いいのかね。誰かが帰ってくるのではないか？」


賽の目のようにどっちへころぶかわからないあぶない運命のうえでぐらぐらしながら僕は、それがどっちへころげても、足をすくわれることのないように、心の訓練ができているのだという自負が、あいてに対してよりもじぶんのために是非とも必要なのであった。

金子は『ねむれ巴里』のなかでそう書いている。私は目の前のドアノブに手をかけてみた。回そうとしたが、途中で躊躇した。そのかわりにドアをノックしてみた。金子と同じ行動をとりたかったわけではもちろんない。もし、部屋のなかに誰かいたとしたら、あわよくば部屋のなかを見せてもらえるかもしれないと考えたからだ。しかし、残念ながらなんの反応もなかった。
友人とはここで別れた。さらに私はダゲール通りへ地下鉄で向かった。この通りの部屋を金子は気に入っていたようだ。

すっかりなじみになって、他所《よそ》へ行っても又帰ってきて、古巣のようになってしまった。

私は金子の言葉どおり「ダンフェル・ロショロ駅」で下車して、ダゲール通りへ向かった。通りは賑やかで明るく、東京の古い商店街を連想させた。七〇年前もこんな雰囲気だったのだろうか。
私は「22」という数字を探した。『ねむれ巴里』には「22番・ダゲールまで」という章があって、おそらく番地に違いなく、22番地に金子が滞在していたホテルがあったはずだ。そこがいまどうなっているのかを含めて知りたかった。

彼女のわずかのつかいのこしも、僕のもってきた金も、十日ばかりのうちに財布の底をついてきた。フォンテンブロオから汽車がパリの郊外地にさしかかると、むかし東京から旅に出て、かえってきたときの横浜、川崎と近づくにつれておぼえた、おさえがたい胸のときめきを、はやパリにもおぼえるのであった。パリがもう、ふるさとになったようなおもいなのだ。

——『ねむれ巴里』より

番地らしい数字がいくつかの建物に記されていて、それを目で追いながら歩いた。次第に22番に近づいてゆく。やがて「22」を見つけた。建物はいまもホテルだった。「HOTEL」とだけ書かれていた。ホテルの名前らしきものはどこにもない。すると勝手に「ダゲールホテル」とでも呼びたくなってくる。間違いなくここに金子は滞在していたはずだ。番地が一致し、さらにホテルと書かれているのだから疑いの余地はないだろう。私はある感慨をおぼえた、パリという街の不変についてい。期せずしてそれに触れた。

東京に七〇年前と同じ番地がいまも存在しているということはありえるだろうか。ないとはいえない。しかし、かつての地名が失われ、味気ない地名を割り振られて合理化されたところはいくらでもある。

私はホテルへ入ってみることにした。しかし、ドアには鍵がかかっていた。なかを覗いてみたが人の気配もない。しばらくしてドアに貼り紙がしてあることに気がついた。「このホテルを利用したい人は近くの別のホテルに来てください」という意味のことが英語で書かれ、簡単な地図もついていた。私はそれをメモして、もうひとつのホテルへ向かった。

そのホテルはすぐに見つかった。似たような雰囲気のホテルでフロントらしきものはなく、一人の男性がソファに座っていた。

「ダゲール通りのホテルを訪ねてきました」

私は英語で話しかけた。

「泊まりたいの？」

私はここを訪ねてきたわけを話した。男は私が口にした「金子」「日本人の詩人」「七〇年前」という言葉にほとんど反応を示さなかった。私の七〇年前という英語の発音を一七年前と聞き間違えたのかもしれない。ニューヨークでもそんなことはごく普通にあったからだ。いや、もしかしたら一七日前と聞き間違えたのかもしれないという気さえしてきた。

そうだとしたら私はほんの最近、先に着いた友人を追ってパリに来て、その友人に再会しようとしていると、男が勘違いしていることになる。すると、金子と三千代に会えそうな気がしてきた。その空想は私を十分に楽しませてくれた。

「自由に入っていいよ」

男は思いがけないことを口にした。さらに私にダゲール通りのホテルの鍵を手渡してくれた。私はただ名前を名乗ったにすぎない。パスポートなど身分を証明するものを見せたわけでもない。渡された鍵は二つ。建物のドアの鍵、そして三階のひとつの部屋のそれ。私はすぐにダゲール通りのホテルへ戻り、まずは建物のドアの鍵をあけ、階段を駆け上がった。さらに渡された部屋のドアへ鍵を差し込んだ。私は慎重にドアノブを押した。ふと部屋のなかに金子と三千代がベッドの端に二人して並んで、こちらを向いて座っているような気がしたからだ。

部屋はとても明るかった。ダゲール通りに面しているからだ。私は窓から外を望んだ。通りの反対側の建物の窓際にいくつもの植木鉢が置かれているのが目に入った。

ふと上海、シンガポール、そしてバトパハの風景が脳裏に浮かぶ。どれもがここからは果てしなく遠い。そのことに気がつくと、急にこの街が、旅の終着点だという気がした。

VI

南方詩集

「南方詩集」

神経をもたぬ人間になりたいな。
本の名など忘れてしまひたいな。

女たちもうたくさん。
僕はもう四十七歳で
近々と太陽にあたりたいのだ。

軍艦鳥が波にゆられてゐる。
香料列島がながし目を送る。

珊瑚礁の水が
舟の甲板を洗ふ。

人間のゐないところへゆきたいな。
もう一度二十歳になれるところへ。

かへつてこないマストのうへで
日本のことを考へてみたいな。

あるとき急に金子の詩のなかのこの一篇が気になり始めた。それ以前にも間違いなく読んでいたはずなのに素通りしていた。つまりピンとこなかったのだろう。金子の詩に限らず、詩にはそんなところがある。ある年齢、ある状況、ある環境になったとき急に自分に響いてくることが。

それは写真に似ていると感じる。観る側の力に委ねる部分が大きいからだ。だから、ときにさっぱりわからないという現象も起きやすいが、シンクロするとより心に深く届く。

この詩が書かれた正確な年は知らない。仮に金子が四七歳のときに書かれたとしたら、

金子が長い旅を終えてちょうど一〇年がたった頃のことになる。一九四二年（昭和一七年）、戦時中である。（詩がおさめられている詩集『女たちのエレジー』が刊行されたのは一九四九年で、金子光晴が五三歳のとき）

私がこの詩に反応したのは四九歳だった。単純に自分の年齢に近い具体的な年齢が記されていたことも大きいだろう。当然ながら四七歳も四九歳も青春からは遠い。金子が三千代と五年におよぶ旅をしたのは三二歳から三六歳で、そのとき二人にはすでに子供がいたのだから、それを青春時代といってしまうのは無理があるが、それでも二人だけの異国での濃密な旅の時間は青春と呼べるのではないか。おそらく二人も、旅先でそんな気持ちになったはずだ。

詩の終わりの方に、「もう一度二十歳になれるところへ」という一文がある。

ここからある種のノスタルジアが読み取れる。あきらかに金子はかつての自分やその時代を懐かしんでいる。そのことが滲んでくる。旅は終わってしまったのだと、否応なく気づかせてくれる。

南洋と西洋で過ごした時間はすでに手元にはなく、取り戻すこともできず、すべもなく、だから懐かしむことしかできない。同時にそのことにどうしようもない愛おしさを感じている、とでもいおうか。

私もかつての旅のことを時々考える。正確にはふとした瞬間に脈略もなく、ある情景が甦るといった方が正しい。説明もつかないまま、すっかり忘れていた例えば長い時間、列車に揺られ、退屈して窓の外をぼんやり眺めていたときのこと、列車を乗り間違えて野良犬だらけの閑散とした駅のホームで何時間も反対方向へ向かう列車を待っていたときのこと、あるいは汗をダラダラと流しあるはずの宿を探していたときのこと……そんなものたちが急激に甦ってくることがある。

そんなふうに頭に浮かんでくる情景は、不安だったり心細かったりする場面ばかりだと気がつく。逆に楽しかったり、興奮したり、美しい風景や光景に出会ったときのことは意外なほど思い出すことが少ない。そのことを不思議に感じながらも、そんなふうに頭に浮かんでくることの多くは、写真に撮ることができなかったことに気がつく。たとえ撮れたとしても面白みにかけるということにも。つまり心情的な度合いが大きい。ただ、そのことは言葉による詩では十分に表現できるはずだ。写真と言語表現の大きな違いがここにあるのではないか。

最後に残るものは記憶だ。それもかなり偏ったそれだ。それを反芻することが新たな旅、あるいは旅の熟成といえるのではないか。

私はそれらを愛している。

誰もが当然ながら、いま、ここでしか生きられない。それでいて、人はいまだけを生きているわけではない。誰もが記憶と同居しているのだ。そう考えると納得がいく。旅にも同じことがいえる。旅人としての記憶のかたち、それを懐かしむこと。それをこの詩から強く感じる。そう感じられることを私は嬉しく思う。会うことも言葉を交わすことも叶わない人との魂の交信にほかならないからだ。

ただ、忘れてはならず、そして注意深く考えなければならないことがある。この詩を単なる旅人の感傷と捉えることは正しくなく、読み誤る可能性があるということ。それは時

凄まじいな。もう僕も五十一だ。
僕がこの世ののぞみといへば
あの女たちにもう一度あってみたいことだ。
かたらふすべもなくて、僕がそばを
すりぬけていったあの女たち。

——『女たちのエレジー』
「無題」より

代に関してだ。それに十分な注意をはらう必要があるだろう。

金子が五年におよぶ旅を終えて日本に帰国したのは昭和七年（一九三二年）だ。この頃から日本は次第に不穏な空気に包まれてゆく。前年には満州事変があり、この年には上海事変が起きている。急激に軍国主義へ傾いてゆく。国民の意識も同じくだ。

金子と三千代の息子、乾に召集令状が届いたのは昭和一九年の暮れのことだ。このとき金子は医師に喘息の診断書を書かせ入隊を免れる。そして一家は山梨県の山中湖の山荘へ疎開し、そこで終戦を迎えることになるのだが、昭和二〇年の三月に乾に恐れていた二度目の召集令状が届く。

このときもまた徴兵を免れるために金子と三千代は乾を杉の葉でいぶし、強制的に喘息を発症させ、医者にその診断書を書かせた。

南方詩集のなかの「人間のいないところへゆきたいな」という言葉には、いずれ訪れるかもしれない、徴兵の予感を感じずにはいられない。戸籍がある以上、それから逃げ切ることはできないからだ。

だからこそノスタルジアが描かれているということもできるだろう。昭和の初めの凪のように穏やかで、そして自由な季節。その頃のように海外を自由に旅することはもはやできない。かつて旅したマレー半島には日本軍が進軍し、フランスは敵対する国となった。「かえってこないマストのうえで」「日本のことを考へてみたいな」という文章からは国境を越えた自由への憧れ、同時に切実さが感じられる。生涯のうちに再びパリを訪れることも、マレー半島を自由に旅することもできないと、このとき金子はすでに気づいていたのではないか。

VII

五〇歳　再びのアジア

私はいまもアジアへ向かっている。旅を始めたばかりの頃は数ヶ月単位の旅が多かったが、二〇代後半から三〇代前半にかけては、東京で一週間ほどの時間ができると頻繁にタイのバンコクへ向かうことが多かった。ビジネスホテル風の安い宿が居心地よかったこともあり、たいした目的もなく街をフラフラした。急に執筆の仕事が増えた頃と重なる。最初の著書を出版するまではカメラマンだけをしていたので原稿などほとんど書いたことがなかったのだけど、もとが貧乏性だからか執筆依頼を一切断らなかったら自分の許容を超える量となり、こなしきれなくなった。そんなときふと逃げ出したくなって、その逃避先がバンコクだったのだ。バンコクではほとんど生産的なことはしていない。カメラは常に携えていたが、特段に撮りたいテーマや被写体があったわけではない。いってみれば写真を撮ることはどっちでもよかった。ただただ、ぼんやりとした時間を過ごしたかった。チャオプラヤ川をゆく水上バスに地元の人たちに紛れて乗ってばかりいた。

その後、三二歳のときにニューヨークへ向かった。すでに記したことだが、アジア以外の地を体験したい思いがあった。

一年数ヶ月を過ごし、三四歳の誕生日を迎えた直後に帰国したのだが、するとまた急にアジアへ向かいたくなった。ふつふつと熱い気持ちが芽生えてきたのだ。それは二三歳で初めてバンコクへ降り立ったときの気持ちに近かった。その心境にわれながら驚いたのだが、嬉しくもあった。自分は本当にアジアが好きなのだと再確認すると同時に、新たな旅が始められると思ったからだ。

しばらくのあいだタイで象を撮ることに熱中した。そのためにタイの東北部へ何度も向かった。象使いとコミュニケーションをとる必要から、日本でタイ語学校に通いもした。

四、五年ほど前からはヒンドゥ教、仏教、キリスト教などの伝来と消滅をテーマにインド、タイ、インドネシア、カンボジア、香港、東ティモールなどを旅した。さらに一昨年から昨年にかけては、小規模の自主映画を撮影するために二〇代の若者たちとタイ、ラオスへ向かった。

映画作りは初めての経験だったが、それまでにない刺激的な旅となった。映画というと大げさに響くが完全に手作りで、普段の撮影旅行の延長のようなものだ。格安航空券を使

い、屋台でご飯を食べ、ローカルバスに何時間も揺られ、偶然隣り合わせた地元の人からビニール袋に入った甘いお菓子をもらい、その女の子たちが目印らしきものもない地点でバスを降りるときには姿が見えなくなるまで手をふった。

撮影の最後はナコンパノンという小さな町。メコン川に張り付くようにあって、このあたりのメコン川に面した町の多くがそうであるように、中心の道路はメコン川に直角に突き当たり、そこで終わっていた。

対岸はラオス。滞在したホテルの窓からはメコン川が一望できた。雨季の川は赤く濁っていて、私は長いあいだその流れと、対岸のラオスに目をやった。

夕暮れどき、私はメコン川のほとりへ向かい、小さな船を泊めておく波止場のようなところに立った。川は昼間とは大きく違い黒々と沈んでいた。あたかも闇そのものが横たわっているかのように映った。対岸にはいくつかの明かりが見えたが、ほとんどが点に近い。街灯だろうか、あるいは民家の明かりだろうか。タイ側がにぎやかなのに対してラオス側にはほとんど何もない。本当に対照的だ。

ふと川向こうから誰かがこちらを見ているような気がした。ほとんど視界はないのだから実際に誰かが立っていたところで判別などつかないはずなのだが、それでも誰かが対岸からこちらをじっと見つめているような気がしてならなかった。じっと目を凝らした。ふと、二七歳の自分がそこにいるような気がした。

二七歳のとき、私はラオスを旅した。雨季明けを祝うボートレースの頃だった。しばらくビエンチャンに滞在したのだが、これといってすることも目的もなく、多くの時間をメコン川の川岸で過ごした。ボートレース当日はもちろんだが、それが終わり急に町が静まりかえってからも足を運んだ。当時のラオスはあまり観光化されておらず、ビエンチャンは首都というよりはタイの田舎町のようで、それまでタイを旅してきた身にとっては正直退屈だった。外国人の姿もほとんど目にしなかった。

そんなこともあって私は軽いホームシックに陥った。ただし日本へのそれではない。対岸へのホームシックだ。正確には首都バンコクへ早く戻りたいというものだった。

すべての旅はタイのバンコクから始まった。

一九九一年の九月中旬。ドムアン空港。

一旅行者、僕は、
君達にたづねる。

千年前の姿態で
ふくらんでる君達の胸は、
なにをおもふ。
蒸発した酒の香か。

ぬれた唇か。
風になつて
消えうせた思想か。
人間とともに
亡びた唄か。

――『女たちのエレジー』
「ボルブドール仏蹟にて」より

私は空港脇の駅から列車に乗った。市内へ向かっているつもりが、窓の外の風景が次第に寂しくなっていくことに不安をおぼえて、隣り合わせた乗客に訊ねるとバンコク市内とはまったく逆の方向へ行く列車に乗っていることを知った。

乗客の誰もが親切で優しく、次の駅で私に降りるようにアドバイスしてくれた。さらに背負った大きなザックを列車から降ろすのも手伝ってくれた。駅にホームはなく、砂利が敷かれた地面までにはかなり高低差があり、梯子を使って降りなければならなかったからだ。さらに乗客の一人が窓から顔を出し、線路上に佇んでいた駅員らしき男にタイ語で何かを大きく叫んだ。どうやら私が間違えて反対方向の列車に乗ってしまったので、どうか面倒をみてあげて、という意味のことを伝えてくれているようだった。

名も知らぬ駅の線路脇で私はバンコク行きの列車が来るのを長いあいだ待った。駅員らしき男は時折私に微笑んできた。英語はまったく喋れないようだった。

どれほどの時間、待ったのか。不安ではなかった。それより心が躍っていた。そのことを自分で不思議に思った記憶がある。後から考えれば自由を実感した瞬間だったのかもしれない。その直観があったのだろうか。

旅に出るほんの一〇日ほど前まで、私は東京でサラリーマンをしていた。たった三年と少し勤めただけの会社ではあったが、辞めるまでにはさまざまな思いが交錯し手続きがあり、過程があった。それらを初めてクリアし、やっとここに立つことができたという思いが押し寄せてきた。

ここがどこなのか。私にはわからない。だから、私がここにいることを誰も知らない。胸の内にシャボン玉のようにポワンと何かが生まれた。それは解き放たれたという感覚だった。私の傍の駅員らしき男も私が誰であるかを知らない。突然、列車から降り立った日本人らしき旅人という程度の認識にすぎない。これを解放と言わずに、なんと呼ぶのか。

あれからけっして短くない時間がたった。旅は積み重なった。

そして、いま強く思う。またいつか、あの頃のように三五㎜のフィルムカメラにモノクロフィルムだけを詰め、金子光晴の文庫本を持ち、汗をかいてその雫が頬からあごを伝い乾いた大地に落ちるのをぼんやりと眺めるような旅をしてみたいと。

まるめた紙屑、
しみだらけなハンカチーフ。
ふみぬいた肌着
そんなものを人生といふ。

そして、僕らは人生より遠くに、
たうとう来なかつたもう一つの人生をおもふ。
はるか地平線を越えて

——『蛾』「薔薇V」より

竹筒に貯めた金で
僕はねぎった。
十銭足りない
しみったれたわが恋愛を。

貧しい国の貧しい僕の
貧しい青春のおもひでといへば
およそ、そんなことばかりだ。
薬茶碗のやうにくすんだ恋人たち。

――『人間の悲劇』
「No・1――航海について」より

SHARP
บริษัท กรุงไทยการไฟฟ้า จำกัด

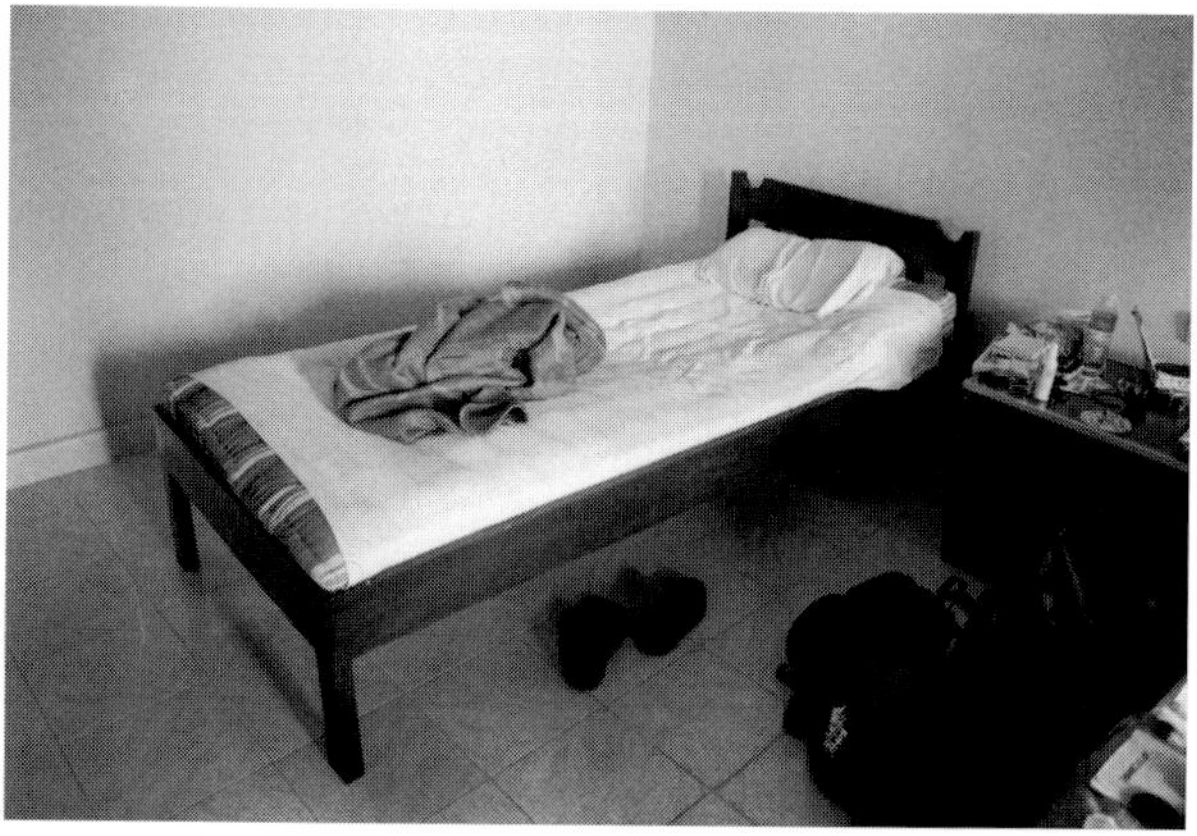

「かへらないことが
最善だよ。」
それは放浪の哲学。

――『女たちのエレジー』
「ニッパ椰子の唄」より

〈参考文献〉
『マレー蘭印紀行』（中公文庫）
『どくろ杯』（中公文庫）
『ねむれ巴里』（中公文庫）
『西ひがし』（中公文庫）
『女たちへのいたみうた』（集英社文庫）
『金子光晴詩集』（岩波文庫）

小林紀晴（こばやし・きせい）

1968年長野県生まれ。写真家・作家。東京工芸大学短期大学部写真技術科卒業後、新聞社カメラマンを経て1991年に独立。1995年、アジアを旅する日本人の若者たちの姿を写真と文章で描いた『ASIAN JAPANESE』でデビュー。1997年『DAYS ASIA』で日本写真協会新人賞。2013年、写真展「遠くから来た舟」で林忠彦賞受賞。著書は『愛のかたち』（河出文庫）、『見知らぬ記憶』（平凡社）など多数。最新写真集に『孵化する夜の鳴き声』（赤々舎）がある。

わたしの旅ブックス

017

まばゆい残像
　そこに金子光晴がいた

2019年11月27日　第1刷発行

著者――小林紀晴

ブックデザイン――マツダオフィス
レイアウトデザイン――トサカデザイン
DTP――角 知洋_sakana studio
地図作成――山本祥子（産業編集センター）
編集――佐々木勇志（産業編集センター）

発行所――株式会社産業編集センター
〒112-0011
東京都文京区千石4-39-17
TEL 03-5395-6133　FAX 03-5395-5320
http://www.shc.co.jp/book

印刷・製本――株式会社シナノパブリッシングプレス

ISBN978-4-86311-246-9